AF315438

JAIME

UN PEU DE TOUT

(HEURES PERDUES)

VERSAILLES

IMPRIMERIE DE E. AUBERT

6, avenue de Sceaux.

—

1866

UN PEU DE TOUT

JAIME

UN PEU DE TOUT

(HEURES PERDUES)

VERSAILLES

IMPRIMERIE DE E. AUBERT

6, avenue de Seeaux.

1866

HEURES PERDUES

L'AME ET L'INSTINCT.

Le petit oiseau reçoit de sa mère
Mille tendres soins ; au fond de son nid
Le duvet se change en plume légère ;
L'oiseau si petit, à la fin grandit :
Alors il s'envole, et sous la feuillée,
L'ingrat, se mêlant à ses compagnons,
Ne reconnaît plus sa mère oubliée :
Ah ! petit oiseau, que nous te plaignons !

Le petit enfant reçoit de sa mère,
Au fond d'un berceau, mille soins touchants;
Un baiser le jour ouvre sa paupière,
La nuit on l'endort avec de doux chants;
Qu'un léger chagrin soudain le désole,
Son petit cœur sait, lorsque nous souffrons.
Qu'une mère est là, qui toujours console :
Ah! petit enfant que nous t'admirons!

L'oiseau c'est l'instinct, mais l'enfant c'est l'âme :
L'âme : feu divin, don du Créateur,
Trésor précieux, qu'une tendre femme,
Dès nos jeunes ans, garde avec ferveur.
Conservons-le bien tous tant que nous sommes,
D'un heureux destin c'est tout le secret,
Et sachons rester en devenant hommes
Le petit enfant que l'on admirait.

LE MAITRE ET L'ÉCOLIER.

Mon maître m'appelle vaurien
Matin et soir ; il me rudoie
Comme un paresseux bon à rien :
Il prétend que je suis une oie ;
Je m'en console : l'érudit
Prouve. en griffonnant maints volumes.
Qu'une bête, grâce à ses plumes,
Peut être utile aux gens d'esprit.

Le maître. entendant l'écolier,
Lui dit : pauvre oison, la paresse
Te conduira dans un grenier,
Le poulailler de ton espèce :

Tu vantes l'oie, on le rôtit ;
Mieux vaut être, je le présume,
L'homme d'esprit qui tient la plume
Que la bête qui la fournit.

L'enfant comprit ce sage avis.
S'armant de courage et de zèle,
Bientôt de ses jeunes amis
Il fut l'émule et le modèle ;
Son vieux maître l'admire et dit,
Oubliant ses us et coutumes :
Mon Dieu que de bêtes sans plumes
Voudraient avoir tout son esprit.

A MA VOISINE

(1834)

Un jour l'amour gai, vif, entreprenant,
　　Fait entendre son badinage :
Le lendemain, timide, défiant,
　　Il a besoin qu'on l'encourage.
　　C'est le sort du pauvre petit ;
　　Il perd tout à coup son audace :
　　Muet et tremblant de dépit,
　　Le vainqueur va demander grâce.
　　Hier, il est venu tout bas
　　Me raconter sa peine extrême.
　　Combien il vous trouve d'appas,
　　Et surtout combien il vous aime.

Pauvre enfant, veuillez l'enhardir ;
Pour lui ne soyez point sévère,
Car vous ne sauriez le haïr :
Vous ressemblez tant à sa mère.
Voici je crois quel est son vœu :
Il n'ose demander un gage,
Encor moins veut-il un aveu ;
Mais ces fleurs qui sont votre image,
Vous les arrosez chaque jour ;
Si l'une d'elles, aimable ambassadrice,
Se dérobait à votre cour ;
Si, par un touchant sacrifice,
Quittant sa tige, elle daignait venir
Témoigner de votre indulgence,
L'amour est là, prêt à la recueillir
Comme un symbole d'espérance.

L'AMOUR MATERNEL.

Mères, quel adorable exemple
Vous trouverez au fond des bois !
L'amour maternel a son temple
Sous ces abris aux mille voix :
Le soir sous la sombre feuillée,
Quand près du nid l'oiseau s'endort,
Voyez sa femelle éveillée
Du sommeil combattre l'effort ;
Son trésor est là sous son aile,
Il y restera jusqu'au jour :
Gardien vigilant et fidèle,
L'oiseau la remplace à son tour.

Elle s'élance dans la plaine
A la lisière des forêts,
Recueillant la mousse, la graine,
Soins touchants, prévoyants apprêts ;
Soumise aux lois de la nature,
Elle revient vers ses enfants,
Et leur apporte la pâture
Que Dieu donne aux hôtes des champs ;
Sa tâche ainsi renouvelée
Durera tant que ses petits
Ne pourront prendre leur volée.
Un jour, par son exemple instruits,
Sautant sur la feuille qui penche
Sous leurs poids, pliant les rameaux,
Ils s'en iront de branche en branche
Jusqu'au sommet des arbrisseaux !
Avant cette heure. tendre mère,
Elle oubliera dans son amour,
Dont rien ne saurait la distraire,
Les fruits des vergers d'alentour,
L'onde claire de la prairie,
Sa promenade dans les airs.
Sa mélodieuse partie
Dans les harmonieux concerts.
De ce dévouement admirable
Que tous vos cœurs soient animés.

Protégez d'un amour semblable
Ces petits êtres tant aimés :
Sur eux sachez veiller sans cesse.
Plus ils vous devront de vertus,
Plus s'accroîtra votre richesse.
Du monde ils seront les élus ;
Du plaisir, par le vain prestige.
Ne vous laissez pas éblouir ;
Celui qu'une mère néglige
Peut en garder le souvenir ;
Bruit frivole, joie incomplète,
Que son intérêt vous défend.
Dites si la plus belle fête
Vaut le sourire d'un enfant !
Ah ! suivez l'adorable exemple
Que l'oiseau donne au fond des bois :
L'amour maternel a son temple
Sous ces abris aux mille voix !

A MADAME DE ***.

Depuis longtemps, de mon cœur égaré,
Je n'avais plus la moindre souvenance,
Sans un peu d'art, sans un peu de science.
J'aurais vécu du monde séparé!
Moi qui jadis dorais si bien ma vie
Aux doux reflets qui la venaient charmer,
Rien ne vibrait dans mon âme engourdie,
Et je vivais... comme on vit sans aimer.
Hier je vous vis au milieu d'une fête:
Or, je ne sais si c'est heur ou malheur,
Car près de vous si j'ai perdu la tête,
Auprès de vous j'ai retrouvé mon cœur.

LE PAPILLON.

Beau papillon au velouté si rare,
Je te voudrais saisir, mais les regrets
Succèderont, si de toi je m'empare.
Au vif plaisir que d'abord j'y prendrais;
Pour te fixer, il faut t'ôter la vie :
Libre et joyeux, fuis un funeste sort,
Je me souviens de l'amour de Sylvie,
Je le voulus enchaîner...il est mort!!!

LA COQUETTE.

Fi de la froide coquette
Qui répond avec sa tête
A qui parle avec son cœur;
Ses yeux qui, chez d'autres femmes,
Sont le miroir de leurs âmes,
Brillent d'un éclat trompeur;
L'exquise délicatesse
Manque à son ingrate espèce,
Et c'est là son châtiment.
Elle vise au platonisme;
L'instinct seul de l'égoïsme
Lui tient lieu de sentiment.
Ah! que tous nos respects soient pour la créature
Qu'un saint amour engage et qui garde sa foi;

On l'aime et l'on s'abstient, sa vertu noble et pure
Nous impose sa loi.
Mais fuyons la beauté qui, dans un vil servage,
Prétend nous enchaîner ;
Méconnaissant l'amour, par un sot esclavage,
Cherche à le profaner.
Sa fausse affection n'inspire que la haine,
Rien de vrai, rien de pur dans l'être inanimé ;
Si Jésus pardonna beaucoup à Madeleine,
C'est qu'elle avait beaucoup aimé !
L'orgueilleuse beauté qui s'impose à ma vue
Se croit l'œuvre d'un dieu ! C'est l'œuvre d'un sculpteur.
Elle est pour moi semblable à la froide statue,
Et comme elle il lui manque un cœur !!!

A SA MAJESTÉ

L'EMPEREUR NAPOLÉON III

VOYAGE DU MIDI (1852).

L'Empire est fait : un jour, ce pronostic hostile
Partit de la tribune en d'orageux débats :
C'était un lâche appel à la guerre civile,
    Le peuple ne l'entendit pas.

Le ciel, muet témoin de ce triste délire,
A dit, à leur démence opposant ses décrets :
« La France, dans un an, rétablira l'Empire,
    « Et l'Empire sera la paix. »

Un trône a disparu sous des torrents de lave :
Des hommes rassemblés au milieu des débris
Ramassent le pouvoir comme on fait d'une épave ;
Sauront-ils le garder ainsi qu'ils l'ont surpris ?

Non ! car le **Tout-Puissant** ne bénit la victoire
Qu'alors que du vainqueur il a guidé le bras :
Dans nos cruels discords, dans ces luttes sans gloire.
    Son Élu ne se montrait pas.

Sous un joug odieux croyant courber la France,
Ils osent provoquer un acte solennel :
Ces tribuns insensés mettent leur espérance
    Dans le suffrage universel.

Déjà l'urne aux partis ouvre ses flancs propices :
Chacun d'eux à son gré nous prépare un Sauveur :
Mais le peuple a voté, libre dans ses comices.
    Pour l'héritier de l'Empereur.

L'oracle est accompli : c'est la voix populaire,
Le cri d'un peuple entier, non la voix d'un parti,
La clameur d'un faubourg qu'un traducteur faussaire
    Vient appeler *Vox populi.*

Dès lors, tous contre un seul, on l'attaque, on l'assiége,
Sa chute est imminente et son sort est prédit ;
Tous se donnent la main pour mieux lui tendre un piége :
Il les y précipite, et la France applaudit.

C'en est fait : sans tarder achève ton ouvrage :
Prince, les cœurs bien nés sont soumis à tes lois :
Dompte nos ennemis par ton mâle courage,
Au bruit approbateur de sept millions de voix.

Marche ! poursuis ta destinée,
Prince, notre espoir, notre orgueil :
Sans toi l'Europe, condamnée
A des jours de honte et de deuil,
Tombait en proie à l'esclavage,
Ou, s'indignant dans sa fierté,
Livrait une lutte sauvage
Aux yeux du monde épouvanté.

Va ! ton peuple t'appelle en sa reconnaissance :
Va ! tu peux compter sur sa foi :
De cités en cités marche avec assurance,
Car le Seigneur est avec toi.

.En vain le crime, ivre de rage,
Veut ensanglanter un beau jour ;
DIEU ne souffre sur ton passage
Que des fleurs et des cris d'amour.

Sa main puissante et tutélaire
Préservera toujours de tout lâche agresseur
Le soutien de la foi, celui qui de saint Pierre
A défendu le successeur.

C'est lui qui sur ta tête affermit la couronne
Que te décerne notre amour ;
Du noble éclat qui t'environne
Le pays tout entier resplendit à son tour.

. Le peuple sait que ton génie
Le dotera dans l'avenir
De ces trésors que l'utopie
A cherchés sans les obtenir.

L'Empire, c'est la paix, et c'est encor la gloire.
La gloire est un brillant aux reflets inégaux,
Qu'illumine parfois l'astre de la victoire,
Et qui parfois scintille à des astres rivaux.

Le mot *conquête* aussi s'applique à l'industrie,
Au commerce, aux beaux-arts : l'artisan, le soldat,
Se dévouant tous deux pour illustrer l'Etat,
Sont de nobles enfants de la même patrie.

L'étranger peut un jour menacer nos drapeaux.
Il verra que la France est exempte d'alarmes :
    Si nos soldats sont au repos,
    Ils sont au repos sous les armes.

Ah ! quand Napoléon dictait à Sainte-Hélène
Ce pieux testament où son plus cher désir
Etait de reposer sur les bords de la Seine
(Où sa gloire était née, il eût voulu mourir),

Avait-il pressenti qu'un jour la Providence.
Après avoir longtemps châtié nos erreurs.
Replacerait son nom sur le trône de France,
Et viendrait d'un seul trait effacer nos malheurs ?

    La patrie enfin va reprendre
    Son rang, son antique splendeur;
    Le phénix renaît de sa cendre;
    Crions tous : VIVE L'EMPEREUR !

Versailles, 23 novembre 1852.

A MADAME D'AL***.

Oui, vous apparaissiez, douce et chaste lumière,
Comme un reflet du ciél dans mon obscurité ;
Et mon âme vers vous, s'élevant tout entière,
Cherchait de vos rayons la sublime clarté.
Je croyais vivre au sein d'un enivrant mystère
Qui, couvrant nos amours de son voile discret,
Séparant deux mortels du reste de la terre,
Unirait nos deux cœurs dans un même secret.
Hélas ! je me trompais, l'étoile consolante
Qui brillait dans ma nuit n'est qu'un astre orgueilleux
Qui va laissant partout sa trace étincelante,
Et veut de son éclat éblouir tous les yeux.

Adieu !.... beau feu follet, je ne saurais vous suivre,
J'entrevois sur vos pas les regrets, la douleur,
De votre joug brillant la raison me délivre ;
Mais lorsque je vous fuis, je crains, pour mon malheur,
Que votre souvenir, trop séduisant mirage,
Vienne jeter mes sens dans un trouble éternel,
Et que la déité, dont je brise l'image,
Malgré moi dans mon cœur ne conserve un autel.

VIEILLE LÉGENDE.

COMME QUOI IL FAIT TOUJOURS DU VENT AUTOUR DE LA CATHÉDRALE DE CHARTRES.

En l'an du Christ quinze cent treize,
Un jour la Discorde et le Vent,
Par la Beauce, tout à leur aise,
Cheminaient au soleil levant.
Devisant ensemble, ils arrivent
Dans la ville de Chartres ; puis,
Après vingt cercles qu'ils décrivent.
Ils prennent *la ruelle au Puits*
Qui longe en étroite spirale
Le flanc nord de la cathédrale.

La Discorde, au Vent, dit alors :
Reste un peu là, j'ai quelque chose
A dire aux chanoines pour cause
De service; attends-moi dehors.
Se glissant sous le porche en mitre,
La Discorde, à l'angle des tours,
Entra tout droit dans le chapitre ;
Le Vent dehors l'attend toujours !
C'est pourquoi fourrures de martres
Et manteaux ne se quittent pas,
Été comme hiver, sur le pas
De la cathédrale de Chartres !

Par M. EMILE DESCHAMPS.

DEMANDE D'ENVOI

DE LA PIÈCE QUI PRÉCÈDE

A M. ÉMILE DESCHAMPS

Le Vent est parfois indiscret,
Il sait dévoiler mainte chose ;
C'est par lui qu'en vers comme en prose
On dit : éventer un secret ;
Il voyageait de compagnie
Avec la Discorde, soudain,
Voilà que son ingrate amie
Le quitte au milieu du chemin :
C'était je crois près d'une église
Où la Discorde, avant d'entrer,
Pensait que seul avec la bise
Il trouverait à qui parler !

Si quelque difficile affaire
Devait longtemps la retenir,
Par égard pour le pauvre hère,
Elle aurait dû l'en prévenir.
Elle n'en fit rien; las d'attendre
Il partit!... Tandis qu'il songeait
Au chemin qu'il lui fallait prendre,
Il entend un coup de sifflet
Et voit s'élever un nuage;
Bon, se dit-il, c'est la vapeur
Qui va commencer son voyage,
J'en veux être le conducteur.
Il s'élance, court après elle,
Et chaque voyageur content
A son wagon croit voir une aile,
Car le train va comme le vent.
Pour lui, déchirant la fumée,
Il volait prompt comme l'éclair,
Quand tout à coup la Renommée
Passe et le rencontre dans l'air;
Ah! lui dit-il, que ta trompette
Me venge d'un tour odieux;
Et qu'une ingrate, une coquette,
Par toi soit connue en tous lieux;
Soulage mon âme oppressée.
On le plaint; mais, pour le servir,

La Renommée trop pressée
A trop de devoirs à remplir.
Puisque tu veux des représailles,
Venge-toi, mon cher, j'y souscris.
Va, dit-elle, cours à Versailles
Trouver un de mes favoris,
Demande celui qu'on admire
Pour tant de doux et nobles chants.
Le premier passant va te dire :
Vous cherchez Emile Deschamps?
Le vent vous conta son histoire.
Sous votre plume son récit
Est devenu, je dois le croire,
Un trésor de verve et d'esprit,
Quand vous lui fûtes secourable.
Le vent doit être heureux ma foi!
Ah ! puisse le vent favorable
Apporter ce récit chez moi !

RÉCRÉATION. — TRAVAIL.

Jouez, mes beaux enfants, et, sous ce frais ombrage,
Livrez-vous sans contrainte aux plaisirs de votre âge :
C'est l'heure du repos ! Que l'heure du travail,
Quand elle sonnera, comme un épouvantail,
N'attriste point vos fronts, et qu'en vous on devine
Un courageux instinct de sage discipline.
Le bonheur est partout, dès qu'on sait le saisir.
Que pour vous le travail soit encor un plaisir :
Voyez, dans vos jardins, parmi tant de merveilles,
Au calice des fleurs se poser les abeilles ;
Les voilà butinant et bourdonnant dans l'air,
Se jouant comme vous ; promptes comme l'éclair,
On les voit tout à coup disparaître... Où vont-elles ?
Elles vont à la ruche ! et là, fermant leurs ailes,
Elles distilleront ces doux présents du ciel
Qui donnent aux humains et la cire et le miel !

Imitez-les, petits ; bientôt l'adolescence
Vous aura fait sortir du cercle de l'enfance :
Travaillez, dira-t-on, vos quinze ans vont venir !
Quinze ans, répondrez-vous, n'ai-je pas l'avenir ?
C'est à peine un degré de ma longue carrière !
Ce chiffre séduisant dont votre âme est si fière,
Ajoutez-le trois fois à vos quinze printemps,
Mes pauvres petits vieux, vous aurez soixante ans !
Travaillez donc, amis ! car c'est la loi commune,
Et, songez-y, l'Étude est sœur de la Fortune.
A vous, enfants, ses dons, ses faveurs, ses bienfaits ;
Tout vous fraye un chemin, votre âge a tant d'attraits :
Le monde aux jeunes gens tend une main amie,
Leur ouvre à deux battants les portes de la vie ;
Il les suit, les protége, accueille leurs essais ;
Leurs efforts sont par lui couronnés de succès.
Mais, hélas ! vient un jour de fatale échéance
Où le dédain fait place à tant de bienveillance.
En ce moment cruel, malheur à l'homme fait
Qui n'a pas su tenir tout ce qu'il promettait :
Le monde sans pitié l'abandonne et l'oublie ;
Il va chercher ailleurs la séve du génie,
Et pour lui cet espoir, cet avenir détruit
N'est qu'un cep dont la fleur n'a pas donné de fruit.

PRISE DE SÉBASTOPOL *

(1855)

I

La paix. le vœu de l'Empereur,
Assure le repos du monde,
Tout se rétablit ou se fonde :
Les lois, le travail, le bonheur.
Soudain un cri se fait entendre.
C'est le cri d'un peuple opprimé;
Le secours qu'il a réclamé
Ne se fait pas longtemps attendre.

(*) Pièce improvisée le dimanche 16 septembre 1855, et lue le soir par M. Garraud, artiste de la Comédie-Française, au théâtre de Versailles, où les blessés revenus de Crimée avaient été invités.

Digne de son nom glorieux,
L'élu d'un peuple généreux
De la France a saisi l'épée ;
D'une âme noblement trempée
D'un grand cœur, prestige inouï,
A sa voix l'Anglais se rallie,
Son drapeau longtemps ennemi
Devient une bannière amie !

II

La France et la vieille Angleterre
Disent aux peuples de la terre,
Votre droit sera respecté !
Sans la justice, point de gloire ;
Non ; point de durable victoire
Sans l'honneur, sans la loyauté.
Du Piémont suivez tous l'exemple,
L'Europe avec nous le contemple :
Ses fils sont aussi triomphants.
A tout peuple qui se rallie
Sous notre bannière aguerrie
La victoire se lève et crie :
Venez, vous êtes mes enfants ! ! '

III

O tzar Pierre ! quand ton génie
Des langes de la barbarie
Délivrait un peuple ignoré
De tout l'Occident admiré ;
A ce peuple dans son enfance,
Ouvrant un avenir immense,
Tu promis l'empire des mers ;
Sur la Néva ta main puissante
Jetait la flotte envahissante
Qui devait dompter l'univers ;
Qu'ont-ils fait de ton héritage,
Ces fils aveuglés dont la rage
Rêvait de coupables succès ;
Ils ont osé braver la France :
Ton héritage et leur puissance
Croulent sous le canon français !

IV

Guidés par le Dieu des batailles
Six fois nos soldats courageux,
Parmi des torrents de mitraille,
S'ouvrent un chemin glorieux :

Pour la Russie, ô jour de deuil.
C'en est fait, Malakoff succombe.
Le fer français creuse la tombe
Où va s'engloutir son orgueil.
Mais qu'ils nous ont causé d'alarmes,
Ces enfants qui, dans leur ardeur,
Sont tombés sous le choc des armes
En criant : Vive l'Empereur !

(L'acteur montrant la loge où sont placés les blessés.)

Il en est encor qui survivent :
Il sont là ! Debout devant eux :
Fêtons ces blessés valeureux;
Ils vaincront encor puisqu'ils vivent.

V

A genoux, et pleurons nos frères,
Ces héros-morts au champ d'honneur ;
Associons notre douleur
A la douleur de tant de mères.
Vous dont le sort retint les pas,
Animés de la même flamme,
Ah ! vous avez du fond de l'âme
Envié leur noble trépas.

Assez de luttes et de guerres;
Mais, s'il faut les vénger un jour,
Vous irez tous à votre tour
Vous montrer dignes de vos frères.
Alors.partageant, mes amis,
La gloire dont chacun d'eux brille,
Vous prouverez aux ennemis
Que vous êtes de la famille.

BOUTADE PHILOSOPHIQUE.

Devant l'église du village,
Le jeudi, saint jour de congé,
Des gais marmots du voisinage
Venait le cortége obligé :
J'allais aux jours de ma jeunesse
Me mêler à ces jeux bruyants,
Qui font, lorsque vient la vieillesse,
Place à des jeux moins innocents :
Nos ambitions enfantines
Se bornaient à de simples vœux :
Avec des billes, des tartines,
Chacun de nous était heureux.

Malgré leurs chevelures blondes,
Leur front pur et leurs yeux si doux,
Soumis aux lois de ce bas monde,
Déjà la plupart d'entre nous,
Ignorant l'art de se contraindre,
Laissaient dans leurs émotions
Entrevoir (l'homme seul sait feindre)
Le germe de leurs passions;
J'en avais ma part, sans nul doute,
Comme eux peut-être, en grandissant,
J'ai grossi mon bagage en route;
Puisse-t-il, en s'amoindrissant,
Me mettre à l'abri de l'orage
Et laisser s'écouler mes jours
Dans ce calme envié du sage.
Mais, je reviens à mon discours:
A l'heure de l'adolescence,
Quand il fallut me séparer
De ces chers compagnons d'enfance,
Je partis, non sans les pleurer;
Le constant labeur des études
Parvint à tromper mes ennuis;
Autres lieux, autres habitudes,
Je trouvai de nouveaux amis.
Des villes la foule attrayante
Impose au pauvre être isolé

Sa séduction enivrante,

Et bientôt je fus consolé.

Plaisirs tant aimés du village,

C'en est fait, il vous faut céder

Aux plaisirs brillants d'un autre âge :

Et désormais vont succéder

Aux tartines, dans la famille,

Les fins soupers en cabinet ;

Au choc inoffensif des billes

Les coups chanceux du lansquenet !

Dans le premier tiers de la vie,

Il faut, avant de s'engager,

S'assurer d'une main amie :

Un guide avertit du danger.

Cet ami, ce Mentor habile,

Prêt à se dévouer pour nous,

Le rencontrer est difficile,

Quand on vit au milieu des fous.

Un soir, nous étions douze à table

A la célèbre Maison d'Or,

Tous nous avions cet âge aimable

Où l'esprit prend son libre essor :

Peu de raison, trop de champagne :

Ceux de nos charmants étourdis

Qui battaient le plus la campagne

Étaient ceux les plus applaudis.

Soit impuissance, soit sagesse,
Seul j'avais su me préserver
Des entraînements de l'ivresse,
Et je m'efforçais d'observer :
Sur chaque rayonnant visage
J'étais attentif à saisir
Quelque signe, quelque présage
Révélateur de l'avenir.
Or, c'était un spectacle étrange :
Ce groupe de beaux jeunes gens
Offrait un singulier mélange
D'êtres doués, intelligents,
De sens commun et de sottise,
D'esprit et de naïveté,
De duplicité, de franchise,
D'orgueil et de simplicité :
Enfin c'était l'image vraie
De ce champ où le moissonneur
Trouve le bon grain et l'ivraie.
Mais tout était encore en fleur!!
Pressé de trouver un Pylade
Parmi ces joyeux jouvenceaux,
J'avais choisi le moins malade
De tous leurs fragiles cerveaux ;
J'allais donc avoir dans ma vie
Un censeur toujours en éveil,

Opposant à chaque folie
L'influence d'un bon conseil.
Que nos illusions sont vaines !
Dès le lendemain, sans pudeur,
Mon Mentor faisait des fredaines
A scandaliser un sapeur ;
Cet échec me mit en furie,
Je creusai comme un chercheur d'or
Dans l'humaine Californie
Sans pouvoir trouver mon trésor.
Alors ! il me fallut comprendre
Cette attristante vérité,
Qu'à vingt ans souvent on doit prendre
L'ombre pour la réalité ;
J'attendis, prenant patience,
Je me résignai prévoyant
Que le temps et l'expérience
Rendent l'homme plus clairvoyant ;
A cinquante ans, l'étape est grande ;
En me rappelant le passé,
Tout bas parfois je me demande
Si je suis bien plus avancé ;
Sans doute ma raison plus sûre
M'a fait éviter maint danger :
Nos semblables, je vous le jure,
Sont difficiles à juger !

La jeunesse laisse paraître
Ses défauts sans trop les voiler :
Mais l'âge mûr est passé maître
En l'art de les dissimuler.
Pour conclure, je dis qu'en somme
Notre sort est d'être dupé,
Car l'enfant se trompe sur l'homme,
Et l'homme par l'homme est trompé!!

STROPHES

Lues aux Représentations théâtrales des 5 et 6 janvier 1856, offertes
aux Soldats de retour de l'armée d'Orient.

I

La France, en guerriers si féconde,
A ses rivaux dictait des lois ;
Et son aigle, vainqueur du monde,
Planait sur les trônes des Rois ;
Vient un jour de triste mémoire
Où le héros de notre histoire

Tombe en devenant immortel ;
Il avait lassé la victoire.
Ce demi-dieu, couvert de gloire,
N'a plus qu'un rocher pour autel !

II

Au sommet de notre bannière,
L'œil attristé de nos soldats
N'aperçoit plus l'enseigne altière
Qui les guidait dans les combats :
Et lorsqu'abattu par la haine,
L'Empereur meurt à Sainte-Hélène,
Prenant son vol audacieux.
Pour toujours il va disparaître
Jaloux de rejoindre son maître.
L'Aigle s'est rapproché des cieux ! !

III

Mais tout d'un coup fermant l'abîme,
Dissipant un rêve trompeur,
Dieu nous donne un réveil sublime :
Il nous rend l'Aigle et l'Empereur ! !

Puis, voulant montrer à la France
Qu'elle a reconquis sa puissance,
Il arme ses valeureux fils;
Et, dans les champs de la Crimée,
La France retrouve l'armée
D'Iéna, de Wagram, d'Austerlitz!!

IV

Soldats! l'héritier du grand homme,
Dans son reconnaissant accueil,
Aux héros de l'ancienne Rome
Vous comparaît avec orgueil!
Fiers de cette noble louange.
Soyez l'invincible phalange
Qui doit s'attacher à son char.
Il vaut qu'on lui reste fidèle,
Celui qui songe à Marc-Aurèle,
Assis au trône de César!!

V

Recevez le prix du courage;
Gardez votre noble laurier;
La paix, en éloignant l'orage,
Y joindra bientôt l'olivier:

Alors, soldats de l'industrie,
Illustrant toujours la patrie
Et continuant sa splendeur,
Pénétrés de reconnaissance,
Avec nous tous, avec la France,
Vous bénirez notre Empereur.

CABINET DE L'EMPEREUR.

Palais des Tuileries, 11 *janvier* 1856.

Monsieur,

Les vers que vous avez adressés à l'armée de Crimée ont été présentés à l'Empereur ; Sa Majesté les a lus avec plaisir, et Elle me charge de vous remercier.

Agréez, Monsieur, l'assurance de mes sentiments distingués,

Le Secrétaire de l'Empereur, chef du Cabinet,

MOCQUARD.

Monsieur Jaime, à Versailles.

A SA MAJESTÉ L'IMPÉRATRICE

UN PAUVRE OUVRIER PÈRE D'UN GARÇON VENU AU MONDE LE
JOUR DE LA NAISSANCE DU PRINCE IMPÉRIAL.

> Depuis qu'un Ange tutelaire
> A promis de veiller sur eux,
> Les orphelins ont une mère,
> Les autres enfants en ont deux.

1

Mon cher enfant, Dieu, notre divin maître,
En sa bonté nous a protégés tous :
Dans la mansarde, hier tu viens de naître;
Dans le palais, à d'augustes Époux,
Il envoyait un trésor aussi doux.
L'espoir sourit à mon âme ravie,
Il me prédit succès, gloire et bonheur,
Pour l'humble enfant arrivé dans la vie
Avec le Fils de l'Empereur.

II

Avec chagrin, dans sa misère extrême,
Pour toi craignant un funeste abandon,
Ta mère hélas! au jour de ton baptême,
Se demandait quel être noble ét bon,
Au fils du pauvre accorderait son nom!
J'accours soudain changer sa peine amère
En des transports d'ineffable douceur :
Rassures-toi, ton fils, heureuse mère,
Sera filleul de l'Empereur.

III

Avec ardeur instruisant son enfance,
Je lui dirai comme il faut les chérir;
Je veux qu'un jour dans sa reconnaissance,
Pour les défendre et pour les bien servir,
Avec son père il apprenne à mourir!
Je veux surtout que, bégayant à peine,
Les premiers mots qu'il sache au fond du cœur
Soient : le bon Dieu, mon parrain, ma marraine :
L'Impératrice et l'Empereur.

IV

L'ange adoré qui porte la couronne,
De nos enfant s'est fait l'ange gardien,
Sa récompense enfin, Dieu la lui donne,
Son noble fils, notre espoir, notre bien,
Est le filleul du pontife chrétien !
Quand le pieux successeur de Saint-Pierre
Va le bénir, dans sa sainte ferveur,
Il bénira la France toute entière,
L'Impératrice et l'Empereur.

16 *Mars* 1856.

LE BON SENS.

I

A SOIXANTE ans, vous conviendrez peut-être,
Mes chers enfants, moi qui vous ai vus naître,
Moi qui jadis guidai vos premiers pas,
Que j'eus le temps d'observer ici bas ;
Croyez-en donc ma vieille expérience :
Le vrai bon sens est l'utile science
Que l'homme doit s'efforcer d'acquérir ;
Sans le bon sens, l'esprit ne peut servir ;
C'est un navire en mer, loin du rivage,
Et, sans boussole, il s'expose au naufrage.
N'oubliez pas que la moindre action
Veut le calcul et la réflexion.
Parfois aussi la chance favorise
Un vain projet, une folle entreprise ;

Que de succès ne sont dus qu'aux hasards,
Dans l'industrie ainsi que dans les arts ;
A nos brillants concours académiques,
Aux champs d'honneur, aux luttes politiques,
Tribuns, savants, diplomates, guerriers,
Complaisamment se couvrent de lauriers ;
Resplendissant sur son char de victoire
Du feu follet qu'ils appellent la gloire,
Chacun d'eux croit son triomphe établi,
Et dès demain va tomber dans l'oubli.
A leur couronne, en un instant flétrie,
Que manquait-il?... la séve du génie !
Or, le génie est un maître exigeant,
Il ne sourit qu'à l'être intelligent
Qui se soumet à sa règle uniforme :
« Le fond toujours doit égaler la forme ; »
Semez l'esprit, le talent à foison,
Rien ne viendra sans un grain de raison !
Ce guide sûr, qui jamais ne s'égare,
Le sens commun, par malheur, est bien rare.

II

Sans lui l'imprévoyante et faible humanité
Subit des passions l'empire détesté.

Souffrez de ce fléau que je cite un exemple :
Nous étions deux enfants, priant au même temple,
Dirigés par les soins des mêmes professeurs,
Formant également nos esprits et nos cœurs ;
Mais le temps, notre maître à tous tant que nous sommes,
Nous entraîne, et trop tôt nous devenions des hommes :
Il fallut nous quitter suivant notre destin,
Nous dûmes nous frayer dans le monde un chemin ;
On s'était bien promis, au bout de la carrière,
De se garder toujours une amitié de frère.
Qu'arriva-t-il ? Un jour nous étions réunis,
Et tous deux par le cœur nous pensions être unis :
On s'occupait alors de votes politiques,
Nous voilà discutant les affaires publiques ;
Ces enfants qui jadis dans leurs jeux, leurs travaux
Toujours étaient d'accord, jamais n'étaient rivaux,
Devenus citoyens, ne pouvaient plus s'entendre ;
Aux plus sages avis, nul ne voulait se rendre :
Excités par l'orgueil, par la dispute aigris,
Tous deux nous rappelions les frères ennemis :
Nous n'étions pas les seuls ; et, dans la grande ville,
L'étourneau de bourgeois, las de vivre tranquille,
Grossissait de sa voix la stupide clameur
De ce peuple hébété, disciple de l'erreur,
Qui, sans cesse courant où va le plus grand nombre,
Croit saisir le bonheur quand il n'en voit que l'ombre.

Soudain l'orage éclate : inquiet et troublé,
Je cherche mon ami par l'erreur aveuglé.
Je le rencontre enfin ! lui... mon vieux camarade ;
Nous étions séparés par une barricade !...

III

Dix ans après, assis sous un riant berceau,
Nous buvions d'un vin vieux que n'offensait pas l'eau.
Tout en nous rappelant ces heures de délire,
Je crois le voir encor, en m'écoutant... sourire,
Et me dire humblement : J'étais fou, mon ami !
Moi, bien naïvement, je lui répondais : Oui !
Aussi pour m'excuser je remplissais son verre ;
Il me tendait la main, il m'appelait son frère,
Et convenait alors que la voix des partis
Donne à la vérité de cruels démentis. .
Nous lisions les journaux ; si quelque énergumène
S'efforçait d'exciter une tempête humaine,
Un éclair, jaillissant de son œil courroucé,
Prouvait qu'à sa marotte il avait renoncé !
Son déclin me plaît mieux cent fois que son aurore.
Ce qu'il fut autrefois, vous qui l'êtes encore,
Espérons, si chacun le reçoit à son tour,
Que le bon sens viendra vous visiter un jour.

De vos hauts faits passés je ne veux pas médire ;
Lorsque vous renversez, il vous faut reconstruire ;
Si vous construisiez bien, j'irais vous applaudir.
Mais, quand vous construisez, il faut tout démolir.
Quand on est vieux souvent on se répète ;
Je le redis : gloire, succès, conquête,
Fortune, amour, pouvoir, titres, grandeur,
Ces dons heureux qui font croire au bonheur,
Félicité bientôt anéantie
Quand le bons sens n'est pas de la partie.

L'EMPEREUR ET L'IMPÉRATRICE

A CHERBOURG.

VOYAGE DE BRETAGNE.

Impénétrable enceinte, où nos flottes guerrières
Déroulent dans les airs leurs vaillantes bannières,
Et menacent les flots de leurs bouches d'airain,
Cherbourg ! fière cité, toi l'orgueil du marin,
Tu deviens désormais le rempart de la France :
Ta digue infranchissable assure sa défense;
Sa masse de granit est un écueil mortel,
Et pour nos ennemis un obstacle éternel !
Le grand Roi, dont l'esprit noble et chevaleresque
Avait conçu jadis ce projet gigantesque,

Après avoir longtemps étonné l'univers,
Affaibli par les ans, vieilli par les revers,
Laissa sans l'achever l'entreprise hardie
Que Vauban éclairait des feux de son génie.
Louis n'est plus ! La France, à des jours de splendeur.
Voit succéder des jours de faiblesse et d'erreur.
Ce plan audacieux, ce rêve de la gloire
S'efface ; et le burin qui grave notre histoire
Ne reproduira plus, dans ses tristes tableaux,
Que des trônes brisés par la main des bourreaux.
Adieu ! tendres accents d'art et de poésie,
Dont les nobles élans illustraient la patrie,
Doux mots : religion, amour, gloire, bonheur,
Vous êtes remplacés par un mot : la terreur !
La victoire éclairait cet affreux cataclysme,
Mélange surprenant de crime et d'héroïsme.
Des frontières du Nord, nos généraux français
Couvraient de leurs lauriers tous ces hideux excès.
Un survient entre tous ! et de sa main puissante
Il relève soudain la France chancelante :
Un songe horrible cesse, et le crime abattu
Succombe sous l'effort de sa mâle vertu !
Revenez, jours heureux de gloire et de puissance.
Dieu méconnu, pardonne ; il protége la France
Et le guerrier pieux qui lui rend ses autels ! !
L'avenir se prépare à des faits immortels.

Cet avenir, pour nous, est un passé splendide,
Le peuple a retenu, de souvenirs avide,
Les noms resplendissants d'Austerlitz, d'Ulm, d'Eylau !
Ah ! que ne pouvait-il ignorer Waterloo !
Waterloo ! nom fatal ! Si le destin contraire
N'était venu trahir ce grand homme de guerre,
Dieu sait jusqu'où notre aigle aurait pris son essor !
Mais la France et Cherbourg doivent attendre encor
Tout ce que son grand cœur projetait d'entreprendre !

Des hordes d'étrangers, que guidait Alexandre,
Ramènent les Bourbons dans les murs de Paris ;
Ils n'ont rien oublié, mais ils n'ont rien appris.
Leur trône vermoulu croule : la république
En vain croit imposer sa sombre politique ;
Ce peuple qu'on excite à renverser ses rois,
Veut cependant un maître, et se range à ses lois.
Un prince que l'exil a mûri dès l'enfance,
Ayant fait du malheur la triste expérience,
D'un naufrage cruel rassemble les débris ;
Il ramène le calme, et le monde surpris
Contemple avec stupeur ce volcan en furie
Dont la lave brûlante est sitôt refroidie ! !
D'obscurs ambitieux, comprimant les ardeurs,
Ce roi sait mettre un frein à leurs lâches fureurs :

Habile et vigilant, sa prudente sagesse
Au commerce a rendu ses sources de richesses.
De la diplomatie, affrontant les hasards,
Heureux s'il avait su réprimer maints écarts;
Mais, pour plaire à l'Europe, il froissait sa patrie,
Croyant, par le repos, fonder sa dynastie;
Repos sans dignité, que la voix des partis
A baptisé du nom de la paix à tous prix.
Respectant son malheur, disons sans artifices
Qu'au noble instinct d'un peuple on doit des sacrifices,
Et qu'il n'osa tenter les utiles travaux
Qui pouvaient offusquer l'orgueil de ses rivaux.
Rien, pourtant, ne semblait annoncer une lutte,
Et du roi-citoyen ne présageait la chute.
Du volcan, tout à coup, le feu s'est rallumé,
Et cette fois encore un trône est consumé!
Le farouche démon, qui, du fond de l'abîme,
Guettait l'heure terrible où le règne du crime,
Pour ne plus s'interrompre, allait recommencer,
Rugit à cet instant! On le voit s'élancer.
Un effroyable cri, qui déchire la nué,
Rassemble autour de lui sa cohorte éperdue.
« Assez longtemps, dit-il, frères, vos attentats
Ont troublé sans succès le repos des États.
Les couronnes des rois sont des joucts futiles,
L'enfer attend de vous des efforts moins stériles;

Son maître, comme nous, contre Dieu révolté,
Veut un seul holocauste, et c'est l'humanité ! »
L'arrêt est sans appel, et cette troupe impie
Va combiner ses plans d'horrible stratégie.
Accourez, charlatans, perfides orateurs,
Distillez vos venins, gangrenez tous les cœurs.
Oubliez les bienfaits des riches de la terre,
Livrez-les en pâture à l'humble prolétaire ;
Partagez, et que, grâce à vos soins généreux,
Tout le monde soit pauvre afin qu'il soit heureux !
Insolemment couverts des plis du drapeau rouge,
D'abjects hommes d'État, sortis d'un affreux bouge,
Montent au Capitole, et leur cœur paternel
Décrète le bienfait du vote universel.
Leur triomphe est certain : le peuple en ses comices
Va déposér leurs noms dans l'urne aux flancs propices.
Le scrutin se dépouille. O prodige, ô stupeur !
On n'y trouve qu'un nom, celui de l'Empereur !...
L'esprit du mal se trouble ; il comprend que la France
Echappe à sa fureur, et que la Providence,
La sauvant à jamais des révolutions,
Veut lui rendre son rang parmi les nations.

Gloire à Dieu ! gloire à Dieu ! qui rétablit l'Empire.
D'autres, éloquemment, ont su déjà décrire

Ces faits éblouissants sitôt agglomérés,
Ces travaux somptueux, de l'Europe admirés,
Qu'on croit l'œuvre d'un siècle et qui sont le prélude
Des biens que nous promet, dans sa sollicitude,
Un prince qui, sur tout étendant ses regards,
Veut faire refleurir l'industrie et les arts ;
Alors que poursuivant sa tâche colossale,
Paris du monde entier devient la capitale,
De Napoléon Trois le regard prévoyant
Se porte vers Cherbourg. Esprit calme et prudent,
Sachant avec sagesse éloigner les orages,
Il songe cependant à garder nos rivages.
Dès qu'un monarque est faible, il craint des ennemis,
Lui prétend être fort et chercher des amis.
Il ordonne, on s'empresse, et l'utile pensée
Qui fut longtemps suivie et longtemps délaissée,
Va se réaliser. Forts, bassins, arsenaux,
Couvrez de vos remparts et la terre et les eaux.
Que devant ces travaux qui surprennent la vue,
Du grand Napoléon s'élève la statue.
Son neveu va lui dire, en héritier soumis :
Sire, tous vos desseins ici sont accomplis.
Sublime étonnement et merveille inouïe,
Où de notre Empereur éclate le génie,
Des rivaux sont unis d'un lien fraternel ;
A ce pompeux spectacle, en ce jour solennel,

Nous voyons assister les Anglais et leur Reine !
Le Français et l'Anglais, abjurant toute haine,
Dans les eaux de Cherbourg ont mêlé leurs vaisseaux,
Comme aux champs de Crimée ils mêlaient leurs drapeaux !
C'est que Napoléon préside à cette fête,
C'est que la paix du monde est la seule conquête
Qui, pour lui, soit un titre à la postérité.
Ecoutez-le. Sa voix, souffle de loyauté,
Dit aux Anglais : « Je bois à votre souveraine,
« Aux peuples glorieux dont l'amitié sereine,
« Dont la franche union protége l'univers
« Contre les vils complots de ces esprits pervers,
« Prédicateurs fangeux d'une morale immonde
« Qui veut, pour le sauver, anéantir le monde.
« Et si des insensés, de nos deux nations
« Réveillent les rancunes et les passions,
« Ils verront échouer leur coupable entreprise
« Devant notre bon sens, comme la mer se brise
« Devant la digue altière où nos nobles vaisseaux
« Sont rangés à l'abri de la fureur des flots. »
Tous les cœurs sont émus à ce noble langage ;
Des transports d'allégresse ébranlent le rivage ;
De l'escadre et des forts, le bronze impétueux,
Avec les cris d'amour, retentit dans les cieux.
Que notre Impératrice en est heureuse et fière !
Tout satisfait en elle et l'épouse et la mère,

Et l'éclat de son front devient plus pur encor,
Quand la foule enivrée acclame son trésor,
Le Prince Impérial !... Son trésor et le nôtre !
Puisque d'un peuple aimé le bonheur est le vôtre,
Couple auguste, souffrez qu'il prouve en son ardeur
Que princes et sujets n'ont qu'une âme et qu'un cœur.

Admirons maintenant tout cet ensemble immense,
Légitime travail créé pour la défense :
Nos regards curieux vont voir enfin s'ouvrir
Ces bassins que les flots se lassent à remplir.
Un vaisseau les attend ; la cale impatiente
Est prête à le lancer sur l'onde bouillonnante ;
Elle cède, il s'y plonge et semble avoir frémi
De l'espoir d'affronter l'orage et l'ennemi !
Couvert de son armure, il ira dans la rade
Rejoindre plus d'un brave et digne camarade...
Voyez-les tous ; ils ont l'air, ainsi réunis,
D'hôtes joyeux qui vont recevoir des amis.
L'un d'eux, superbe et fier, favori de Neptune,
Se prépare à porter César et sa fortune ;
L'or, le velours, la fleur, qu'arrose un flot amer,
Ornent splendidement ce palais de la mer.
Qu'à l'heure du danger un signal de détresse
Transformerait soudain en une forteresse :

C'est *la Bretagne*, où va s'embarquer l'Empereur ;
L'Ulm, *l'Iéna*, *l'Austerlitz* regrettent cet honneur,
Et, pour les consoler de leur déconvenue,
L'Impératrice ira les passer en revue.
Les matelots, dès lors, ont foi dans l'avenir,
Car un ange s'approche et vient pour les bénir.
En la suivant des yeux, on se dit sur la plage :
C'est la Grâce qui va visiter le Courage.
Nos marins à leur tour peuvent contempler tous
Ce sourire ineffable et ce regard si doux ;
Leurs vivats, que les vents apportent à la terre,
Semblent l'écho lointain d'un magique tonnerre.
Il est temps d'interrompre un si touchant transport.
Et de Cherbourg enfin il faut quitter le port.

Emportez tous nos vœux. Cherbourg reconnaissante,
Par vous est devenue une cité puissante.
Partez, Sire ; au revoir ; suivant l'ordre de Dieu,
A l'élu qu'il protége on ne dit point adieu.

Déjà l'ancre est levée, on a quitté la rive :
Le navire vers Brest se dirige, il arrive.
Le même dévoûment, le même amour loyal,
Attendent dans ses murs le couple impérial :

Toujours des fleurs, toujours de fraîches jeunes filles ;
Des fidèles Bretons les pieuses familles
Ont voulu voir les traits de ce prince adoré
Qui ramena dans Rome un pape vénéré.
Difficile à dompter dans sa rude franchise,
La Bretagne se donne au soutien de l'Église.
Partout le même élan dans ces cœurs purs et vrais.
A Lorient, Quimper, Châteaulin, Vannes, Auray,
Auray ! C'est là que règne une douce patronne
Dont le culte est au fond de chaque âme bretonne :
Sa chapelle reçoit des flots de pèlerins,
Humbles comme le temple où se joignent leurs mains :
L'Empereur y descend avec l'Impératrice :
Ils vont prier pour nous la sainte protectrice.
Tous deux agenouillés dans ce modeste lieu,
Le plus brillant de tous, car on n'y voit que Dieu !
Un saint prêtre, un vieillard, s'émeut à leur prière ;
Des pleurs viennent mouiller sa tremblante paupière,
Lorsque ces mots empreints d'amour et de ferveur,
Ces mots attendrissants sont dits par l'Empereur :
« Il est des jours heureux. d'exemple salutaire,
« Que doivent aux sujets les princes de la terre ;
« Il en est où les rois, dans leurs pieux respects,
« Doivent suivre à leur tour l'exemple des sujets,
« Et le jour de ma fête, adoptant votre usage,
« Je suis venu prier en ce pèlerinage

« La sainte qui protége et le Dieu qui défend,
« Unissant dans mes vœux la France et mon enfant. »

Vous serez exaucé, bon Prince, tendre père,
Le ciel prolongera votre règne prospère,
Et les fils de votre fils auront dans l'avenir
Le sort que Dieu réserve à ceux qu'il veut bénir.
Chaque heure, chaque instant de cette immense fête
Des cœurs déjà soumis assurent la conquête ;
A Napoléonville, à Saint-Brieuc, Grandchamp,
Va se renouveler ce spectacle touchant.
De notre souverain, l'adorable compagne,
De Blanche de Castille et d'Anne de Bretagne,
A ce peuple charmé rappelle les vertus.
Comme elles, consolant tous les cœurs abattus,
De l'enfance voulant secourir la misère,
Aux pauvres orphelins elle rend une mère !
Il va se terminer ce triomphe éclatant,
Miracle de merveilles et d'enchantement ;
Voyage éblouissant, dont la France et l'histoire.
Comme un enseignement, garderont la mémoire !
Et de tant de travaux vaillamment entrepris.
Notre illustre Monarque enfin reçoit le prix.
Le Prince Impérial, au palais de son père,
Va retrouver bientôt les baisers d'une mère ;

Et lorsque, près de lui se livrant au repos,
Le sommeil sur leur front répandra ses pavots,
Surpris par les accents d'une voix bienveillante,
Ils verront apparaître une ombre étincelante,
Qui, d'un bras paternel bénissant les époux,
Leur dira : Mes enfants, je suis content de vous!!

AUX TYPOGRAPHES VERSAILLAIS

BANQUET DU 6 MAI 1860.

Enfants de Gutenberg, essaim laborieux,
Vous préparez le vaste champ de la science,
Et l'homme studieux, dans sa reconnaissance.
Recueille avec respect vos travaux précieux.
Au monde, vos efforts dispensent la lumière :
L'ignorance, par vous, sort de l'obscurité :
A l'esprit, au talent, vous ouvrez la carrière,
Et vous les conduisez à l'immortalité.
Que de trésors perdus avant que votre maître
Eût doté l'univers de son art merveilleux !

Le Temps, qui détruit tout, les a fait disparaître :
Mais la Presse résiste au vieillard orgueilleux :

La Presse, à son pouvoir, oppose sa puissance.
Un jour, Dieu s'est lassé de voir dans le néant
S'éteindre les éclairs que sa munificence
Fait jaillir du cerveau de l'être intelligent :
Gutenberg, inspiré, créa l'imprimerie,
Et le Temps fut vaincu. Alors on vit grandir
Ces monuments fameux, archives du génie,
Qui bravent le passé, certains de l'avenir.

Continuez sa tâche glorieuse,
Desservants du progrès;
Phalange industrieuse,
Répandez partout ses bienfaits.
A l'enfant, dans la docte école,
Fournissez d'utiles leçons:
Au pauvre qu'un refrain console.
Offrez les joyeuses chansons:
Au rentier qui vit solitaire,
Qu'un journal vienne le matin
Apporter les bruits de la terre,
La victoire et son bulletin,
La discussion politique,
Les élans de nos orateurs,
Et la jalouse polémique
Des savants et des chroniqueurs.

Inspirant tour à tour la joie ou la tristesse,
Prisme aux mille couleurs, flot toujours agité,
La Presse est un écho qui reproduit sans cesse
    Le concert de l'humanité.
    Rappelant la voix divine
    De *Hugo*, de *Lamartine*,
    Elle redit leurs accents ;
    Et si *Thiers* achève un livre,
    A l'univers elle livre
    Ses récits éblouissants.

    On dit que dans son bagage,
    Il se glisse mainte page
    Que le bon goût, qu'elle outrage,
    Met parfois en interdit ;
    On ajoute, qu'un peu folle,
    Elle aime... la gaudriole,
    Et tout bas on en médit.

On prétend, c'est caprice, au moins j'aime à le croire,
Que d'un compilateur faisant un érudit,
Avec elle il suffit d'avoir de la mémoire
Pour paraître avoir de l'esprit.

Mon Dieu, légèreté ne saurait être un vice,
Pardonnons un travers à nôtre bienfaitrice.

Nos défauts sont toujours aperçus des ingrats,

L'homme reconnaissant lui seul ne les voit pas.

Aux plus faibles écarts la critique s'attache,

Chacun de nous peut craindre un sort pareil ;

Tous nous avons sans doute une petite tache :

    N'en est-il pas dans le soleil ?

Portons donc à la Presse, à notre noble mère,

    Un toast rempli d'amour.

Avec vous l'écrivain aime à trinquer en frère,

    Ses enfants vous doivent le jour.

Propagateurs des fruits de tant de veilles,

Agréez un conseil que je hasarde ici.

Quand par vous le lecteur sait charmer nos oreilles,

Que toujours, par vos soins, nos yeux le soient aussi :

    Artistes en typographie,

Soyez purs et corrects, un ami vous en prie ;

    Pas de fautes d'impression,

    Mais surtout pas d'omission :

    Si, trop prodigues de louange,

    Vous alliez imprimer que j'ai,

    Ce soir, raisonné comme un ange,

De grâce, dans ce mot, n'oubliez pas le g.

Versailles, 6 mai 1860.

LE GRILLON.

J'ÉTAIS calme, silencieux,
Cherchant la douce rêverie ;
Les regards tournés vers les cieux
Ou vers la riante prairie ;
Assis au bord du gai ruisseau
Où murmure une onde limpide,
J'aimais voir sur la rive humide
Le soleil scintiller dans l'eau :
Lorsque le courant entraînait
La fleur arrachée au rivage,
Pour le succès de son voyage,
Je formais un naïf souhait.

Soudain un obstacle dans l'onde
La retenait; triste, rêveur,
Aux mortels, aux dangers du monde
Je comparais l'onde et la fleur.
Ah! combien d'heures écoulées,
Etendu sur le frais gazon,
Admirant les vertes vallées,
Les nuages à l'horizon,
J'y restais jusqu'à l'heure sombre
Où tout s'efface, disparaît.
Parfois la nuit laissait dans l'ombre,
Afin d'adoucir mon regret,
A travers les plis de son voile,
Percer, au.sein du firmament,
L'éclat radieux d'une étoile,
Du ciel splendide diamant.
Mais au retour de l'aube pure,
Je courais revoir le matin
Tous ces joyaux que la nature
Semble sortir de leur écrin;
La retrouvant ainsi parée,
Emu d'une sainte ferveur,
Je sentais mon àme inspirée
S'élever vers le Créateur.
Mais cette fête de mon àme
S'interrompit! Près d'un sillon

J'aperçus un jour une femme :
J'écoutais chanter le grillon.
Mon Dieu, qu'elle me parut belle !
Elle me sourit en passant,
Et soudain je ne vis plus qu'elle !
Devinant mon trouble naissant,
Dès ce moment je fus sa proie !
Adieu, mes champêtres loisirs !
Adieu, mon innocente joie !
J'avais connu d'autres désirs !...
Quand je marchais dans la prairie,
Je ne voyais plus le ruisseau,
Le genêt, l'épine fleurie,
Le rameau vert de l'arbrisseau,
Et la rosée aux mille perles
Sur le feuillage des buissons :
Les rossignols, les joyeux merles
En vain redisaient leurs chansons.
Dans ce poétique assemblage
Des prés, des vallons et des bois,
Je ne voyais que son image.
Je n'entendais plus que sa voix.
Rien n'existait !... en son absence,
Tout n'était que biens superflus :
Néant, obscurité, silence.
Et le grillon ne chantait plus !

Longtemps sous ce joug plein de charmes,
L'ingrate crut me retenir;
Elle sait quel torrent de larmes
J'ai versé pour m'en affranchir,
Dans cette paisible retraite
Où j'avais laissé mon trésor,
Je suis venu, l'âme inquiète,
Savoir si je l'aimais encor!
Du songe de l'enchanteresse
C'était le fortuné réveil,
La brise et sa douce caresse,
Et le chaud rayon du soleil;
L'insecte léger qui bourdonne,
Et les bluets épanouis,
Tous semblaient dire : On te pardonne,
Viens retrouver tes bons amis!...
J'étais libre!... De la cruelle
J'avais perdu le souvenir,
Et le passé flétri près d'elle
Était vengé par l'avenir.
Un cri joyeux soudain m'arrête !
En l'écoutant mon cœur battait;
Dans l'herbe, sous la pâquerette,
C'était le grillon qui chantait.

CONFIDENCES.

I

Dans mon bon temps j'ai joui de la vie,
Mon teint fleuri ne saurait le nier :
Mais aujourd'hui de la goutte ennemie
Au coin du feu me voilà prisonnier;
Amant zélé des folles entreprises,
Je fréquentais et l'Amour et Bacchus;
Mais les coquins m'ont fait tant de sottises
        Que je ne les vois plus.

II

Dieu! qu'à vingt ans j'ai reçu de caresses!
Dieu! qu'à vingt ans j'avais de bons amis!
C'est qu'à vingt ans on citait mes richesses.
Amis, trésors, maîtresses sont partis;

Moi de gaîté j'ai conservé ma dose.
Mais ces gens-là se seront aperçus
Qu'à mon bonheur il manque quelque chose,
    Car je ne les vois plus.

III

Dans cent dîners qui me durent leur gloire.
Comme on savait que j'aimais à rester
Tant qu'il restait une bouteille à boire,
Tant qu'il restait un refrain à chanter !
Si je manquais à son appel aimable,
Le président disait à ses élus :
Mes bons amis, cherchez-le sous la table,
    Car je ne le vois plus.

IV

Combien de fois à ma porte discrète
Un bruit léger, qui passait dans mon cœur,
M'avertissait que Rose ou que Lisette
Venait chercher et donner le bonheur:
Un peu flétri par maintes peccadilles,
De ma détresse, hélas ! pauvre perclus,
Je n'ai pourtant rien dit aux jeunes filles,
    Mais je ne les vois plus.

V

Autour de moi, pour calmer ma souffrance,
Vers mes enfants j'aime étendre mes bras.
Je suis jaloux de leur douce ignorance,
Moi ! qui sais trop des choses d'ici-bas ;
Ces jours heureux, ces jours de la jeunesse,
Où l'homme naît sans vices, sans vertus,
Ils sont sont si loin, si loin de ma vieillesse,
Que je ne les vois plus !

QUAND IL EST VIEUX

LE DIABLE SE FAIT ERMITE.

On dit que le diable étant vieux
Se range et qu'il se fait ermite ;
S'il est franc, tout est pour le mieux,
Pourquoi critiquer sa conduite.
Le diable veut se convertir,
Il mérite qu'on l'encourage,
Des annales du repentir
N'est-ce pas la plus belle page ?
Si je puis juger d'après moi,
Certes, je ne vaux pas le diable,
Mais je possède un grain de foi.
Pourtant, parfois je fus coupable :
Trop souvent on m'a vu pécher :
Je suis bien loin de mon aurore.

Qui donc prétendrait m'empêcher,
Ici bas, de faillir encore?
Des riantes illusions
J'ai conservé le privilége;
Je sens des vives passions,
Le feu qui couve sous ma neige!
Santé, gaîté, vivacité,
Pour moi ne sont point lettres closes :
Du jardin de la volupté
Je puis encore cueillir les roses!
Or! s'il me plaît en vieillissant
De me construire un ermitage,
Doit-on me traiter d'impuissant
Obligé de devenir sage?
Non! c'est simplement la raison
Qui me dit que la Providence
A des fleurs pour chaque saison,
Pour chaque àge une jouissance ;
Je commençais à me lasser
De ce vertigineux délire,
J'ai vu les hommes grimacer,
Je veux voir les enfants sourire.
Fuyant le monde et son vain bruit,
Ses dangers, ses écueils sans nombre,
Son éclat qui vous éblouit,
Je vais me reposer à l'ombre.

Devenu simple spectateur
De la frivole comédie
Où naguères j'étais acteur,
Impassible à la galerie,
J'applaudirai loyalement.
Je sais que des esprits moroses
Veulent impitoyablement
Blâmer les hommes et les choses ;
Tous ces faux redresseurs de torts,
Oubliant leurs vieilles prouesses,
Se déguisent en esprits forts
Sitôt qu'ils n'ont plus de faiblesses !
Arrachez leur masque en tout lieu,
Ceux-là ! je vous les abandonne :
Ils servent je ne sais quel Dieu ;
Moi, je sers le Dieu qui pardonne !
Et quand je veux me recueillir
Au sein de paisibles retraites,
Où mon cœur pourra tressaillir
A l'écho lointain de vos fêtes,
Fidèle à plus d'un souvenir,
Laissez-moi sans hypocrisie,
Quand la première va finir,
Préparer la seconde vie !!

PAROLE ET SILENCE.

A vingt ans, j'étais séduisant,
Je ne parle pas du physique,
Mais j'avais un lot suffisant
Du sel qu'on nomme sel attique.
Aux jeunes fous, brillants et gais,
Qui font assaut d'esprit frivole,
Les gens sérieux, fatigués,
Laissent volontiers la parole.
J'en abusais : de tous côtés
On admirait mes réparties;
Mes traits piquants étaient cités;
J'étais de toutes les parties.
Au sein d'un monde désœuvré
Longtemps je me couvris de gloire :
Par le temps tout est dévoré.
Bientôt mon fameux répertoire,

Pour un auditoire blâsé,
N'avait plus le moindre prestige;
J'étais comme un loustic usé :
Mon laurier séchait sur sa tige.
Je me souviens qu'un petit vieux,
Quand je prodiguais d'abondance
Les récits, les propos joyeux,
Gardait constamment le silence.
Un jour, dans un cercle d'amis,
Je sentais ma verve engourdie,
Je me taisais; le vieux, surpris,
S'adressant à la compagnie,
Dit : Si notre jeune orateur
Cesse son babillage aimable,
Permettez qu'un vieux radoteur
Lui vienne en aide à cette table.
Ce vieillard qui s'évertuait
A remplir devant tous mon rôle,
Me faisait l'effet d'un muet.
Recouvrant soudain la parole,
J'espérais, il faut l'avouer,
Que ma couronne un peu flétrie,
Mon rival devant échouer,
Par ses soins serait reverdie.
Hélas! quelle était mon erreur.
O! déception sans pareille;

Jamais plus ravissant causeur
N'avait su charmer mon oreille.
Confus et plein d'émotion,
J'admirais, l'âme fascinée,
Les trésors d'érudition
Dont sa mémoire était ornée !
Puis-je humblement vous demander
Le secret de votre science?
Lui dis-je. — On peut le posséder,
Répond-il, c'est l'expérience !
Il dépendra de vous qu'un jour
Le temps vous le fasse surprendre :
Ne jamais parler qu'à son tour,
C'est le moyen de tout apprendre.
Si nous voulons trop discourir,
Si notre amour propre s'impose,
L'ennui souvent suit le plaisir.
Le danger auquel on s'expose,
C'est de semer sans récolter
Des richesses qui sont les nôtres;
Tandis qu'en sachant écouter,
On récolte l'esprit des autres.

A SOIXANTE ANS!

Soixante ans, c'est l'âge où la vie
    N'est plus qu'un souvenir,
Où l'on ne saurait sans folie
    Compter sur l'avenir!
Ce mot, rayon d'espoir et de douce chimère,
    Pour l'homme est effacé,
Ses yeux ne verront plus briller d'autre lumière
    Que celle du passé.
De ce fleuve pour tous à l'onde si rapide
    Qu'il remonte le cours,
Et que fidèle encor, sa mémoire le guide
    Jusqu'à ses premiers jours :

Se les rappelant tous, si dans sa conscience
      Il peut, sous l'œil de Dieu,
Contempler les débris de sa longue existence
      Et sans crainte leur dire adieu !
Tranquille, confiant, qu'il achève de vivre,
Et pur comme la fleur qu'enfant il effeuillait,
Du roman de sa vie, en parcourant le livre,
Il ne tentera point d'en ôter un feuillet.

      J'aime à le relire sans cesse
      Ce livre, mon doux passe-temps,
      Et je rêve de ma jeunesse :
      C'est l'hiver qui songe au printemps.
Ah ! mes jolis printemps, je les vois tous reluire
Aux feux de mes vingt ans ; dans ces fortunés jours,
Tout savait me charmer, tout savait me séduire :
Je marchais entouré d'un cortége d'amours.
Adorable saison des fleurs et des caresses,
      Mélange ravissant
Des innocents plaisirs et des folles ivresses
      Sans cesse renaissant :
Je le croyais, du moins ! Le temps impitoyable,
      Un jour, sans m'avertir,
Loin de moi, des amours chassa la troupe aimable :
      Je les ai vus partir.
Ainsi, quand vient l'hiver, les douces hirondelles
      Cherchent d'autres climats ;

Les ingrats m'ont laissé, fuyant à tire-d'ailes
    Au milieu des frimats!
J'ai su me venger d'eux sans pleurer davantage
    Cet inconstant trésor.
Je me fais spectateur des plaisirs du jeune âge,
    Et je les vois encor!
Les voici près de vous, timide jeune fille :
    Allez d'un pas discret
Trouver qui vous attend sous l'épaisse charmille :
    Je sais votre secret!
L'amour ne vous suit pas, vous, la belle orgueilleuse;
    Au bras d'un cavalier,
Lancez au pauvre vieux l'œillade dédaigneuse
    Qui doit l'humilier.
Apprenez qu'à mon bras on en vit de plus belles;
    Et quant au compagnon
Qui, pour vous admirer, braque sur ses prunelles
    Un grotesque lorgnon,
Celles qui m'ont aimé, d'un fat de son espèce
    Auraient dû trop rougir.
Passez! à vos attraits ma paisible vieillesse
    Préfère un souvenir!
Le véritable amour est là, dans la prairie,
    Avec de beaux enfants,
Essayant sous les yeux d'une mère chérie
    Leurs pas et leurs accents :

Il est aussi là-bas dans cette sombre allée,
    Où de nouveaux époux
Dérobent leur bonheur sous la verte feuillée,
    Aux regards des jaloux.
Ne me redoutez pas, séduisante jeunesse :
    A ce tableau si doux,
Mon cœur n'éprouvera ni regret ni tristesse ;
    J'aimai tout comme vous !
Couple heureux et charmant, allez ; loin de vous suivie,
    Je me tiens à l'écart ;
Des douces voluptés dont votre âme s'enivre
    Jadis j'ai pris ma part.
Mes plaisirs d'autrefois maintenant sont les vôtres.
    S'il ne m'en reste rien,
Je suis heureux toujours, car du bonheur des autres
    Je sais faire le mien.
Quand pour moi viendra l'heure où l'âme se délivre,
    Où la mort vient tout résumer,
Amis, ne dites pas que j'ai cessé de vivre :
    Dites que j'ai cessé d'aimer ! ! !

LES CINQ SENS.

Des cinq sens, que l'humaine espèce
Doit à son divin Créateur,
La vue est la seule richesse,
Que je perdrais avec douleur.
Le goût est l'utile apanage
Des gourmets enfants de Comus ;
Le toucher est fort en usage
Chez les desservants de Vénus !
L'odorat a bien son mérite,
Excepté les parfums divers
Qu'à l'occasion l'on évite :
Toute médaille a son revers ;

L'ouïe, sens a tous indispensable,
Très recherché parmi les sourds,
Me semble un peu moins enviable
Lorsque j'entends certains discours.
Mais *la vue* est le bien suprême!
Voir les prés, les bois, les ruisseaux!
Voir surtout la femme qu'on aime,
Doux aspects, séduisants tableaux.-
La vue est à l'âme ravie
Ce que la rosée est aux fleurs;
Car la lumière c'est la vie,
Source d'ineffables douceurs!...
Dans notre existence éphémère
Savons-nous toujours profiter
Des bienfaits dont, sur cette terre,
Le ciel a voulu nous doter.
Quand ses deux yeux devraient suffire
A le préserver des faux pas,
Je vois tomber maint pauvre sire
Qui regarde et qui ne voit pas!!
C'est ainsi qu'en philosophie,
En morale, en religion,
En amour, en diplomatie,
On rencontre une légion
De papillons battant de l'aile,
Qui, trompés par les feux du soir,

Vont se brûlant à la chandelle,
Faute, hélas! d'avoir su bien voir;
Chacun d'eux cependant s'applique
A suivre le plus sûr sentier;
Par malheur, un défaut d'optique
Sans cesse les faits dévier.
Tel fat, qui se pavane et lorgne,
Devient... atteint d'un trait subtil,
Amoureux d'une femme borgne
Dont il n'a vu que le profil.
Craignons les fâcheuses surprises,
Observons, pour les mieux saisir,
Les objets de nos convoitises;
Qui sait bien voir sait bien choisir!
Nos cinq sens ayant pris naissance
Sous l'arbre du bien et du mal,
Leur usage à notre existence
Peut être ou propice ou fatal;
L'art de résoudre ce problème,
Mortels, croyez-moi, le voilà...
C'est d'en posséder un sixième,
Et le bon sens est celui-là!!

ABRÉGÉ DE L'HISTOIRE DE ***.

DEPUIS 1789 JUSQU'EN 1866.

I

Dans un tout petit coin de terre,
Non pas en France assurément,
Noble, bourgeois ou prolétaire
Vivaient assez paisiblement.
Un prince plus bénin qu'habile,
Issu, ma foi, de fort bon lieu,
Sur cette peuplade tranquille
Régnait par la grâce de Dieu !
Mais, par malheur, ce qu'on appelle
Les progrès de l'esprit... je croi,
Tout à coup troubla la cervelle
Des sujets de ce pauvre roi !

Rapide comme un incendie,
Prompt comme une inondation,
Le vent fatal de la folie
Vint souffler sur la nation;
Faut-il conserver la mémoire
De ces jours de funeste erreur;
Non! c'est la tâche de l'histoire.
Fermons ce livre de douleur
Où le nom de chaque victime
Fut par le martyr anobli;
Sur ce passé, sur cet abîme
Jetons le voile de l'oubli!
D'ailleurs ma muse, un peu caustique,
Ne saurait marcher gravement
Au sentier de la politique
Et s'en éloigne prudemment!
Cela dit, je reprends mon thème :
Le pauvre peuple citoyen,
Laissant le brillant diadème
Pour l'obscur bonnet phrygien,
Comprit, redevenu lucide,
Qu'en sa fièvre de liberté
Il avait fait un troc stupide;
Bientôt triste, désenchanté,
De la liberté, sa patronne,
Le voilà renversant l'autel.

Comme il avait brisé le trône
De son roi. Qu'un simple mortel
Fasse parfois une bévue,
Soit ! Mais d'un troupeau tout entier,
Par des bergers à courte vue
Ne connaissant pas leur métier,
Quand l'existence est compromise,
Il faut le plaindre ! Explorateurs
Qui cherchez la terre promise,
Sachez choisir vos conducteurs !
Touché de ce désordre extrême,
Du sein de ce triste chaos,
Dieu ! le réparateur suprême,
Soudain fait surgir un héros
Dont le tutélaire génie,
Source de gloire et de grandeur,
Sait rendre à la mère patrie
Et sa puissance et sa splendeur !
La victoire en vain le couronne
Et l'élève au-dessus des rois,
En vain le monde qu'il étonne
Longtemps s'est soumis à ses lois ;
Et de César et d'Alexandre !
Celui qui s'était fait l'égal,
Pour avoir osé trop prétendre,
Descend de son char triomphal !

Sans doute, en sa reconnaissance
Du chef qui jadis le sauvait,
Le peuple prendra la défense.
Oh! non pas, non pas, s'il vous plaît!
Ce serait compter sans son hôte.
Tout va bien tant qu'on réussit;
Mais, dès qu'on commet une faute,
On perd sa place et tout est dit!...

II.

Ici, l'humaine inconséquence
Va se produire avec éclat!
De rois une sainte alliance
Vient d'envahir ce pauvre État
Et lui destine un nouveau maître.
Dès qu'il s'agit de remplacer
L'homme qui vient de disparaître,
N'est-il pas juste de penser
Qu'à l'oppresseur qui nous impose
Sa loi qu'on ne peut discuter,
Le sentiment commun s'oppose
Et que tous voudront protester?
Sur les murs de leur capitale
Nos badauds lisent un matin

L'affiche pompeuse où s'étale
Le manifeste souverain.
A quelle noble dynastie
Appartient ce chef glorieux?
C'est... à celle qu'ils ont bannie !
On craint un transport furieux.
O surprise ! un cri d'allégresse
Retentit dans tout le pays ;
La foule acclame avec ivresse
Ses bons amis les ennemis.
Dans les airs le drapeau d'Arcole
Ne flotte plus ! Son aigle altier
Ecarte les ailes, s'envole ;
Le lis renverse le laurier,
Et sur les rives de la Loire
Les débris des vieux bataillons
Sont réduits à cacher leur gloire,
Epuisés, couverts de haillons,
Bravant noblement la misère,
Comme ils ont bravé le trépas ;
A tous ces fils de Bélisaire
L'obole ne se donne pas !
Laissons cette image importune,
Cherchons un plus riant tableau,
Voyons si l'aveugle fortune
Sourit à ce règne nouveau !

Le devoir du poète infime
Est de respecter son lecteur
En n'abusant pas de la rime,
De même que tout orateur
Doit préserver son auditoire
D'un excès de loquacité !
J'abrége ! Voudra-t-on me croire ?
Ce pouvoir, bassement flatté,
Une seconde fois succombe,
Et, dans un orage civil,
Abandonné des siens, il tombe
Et s'en retourne dans l'exil.

III

Lorsque l'esprit de convoitise
S'attache au plus modeste emploi,
On pourrait voir avec surprise
Rester vacant l'emploi de roi !
L'affaire fut lestement faite,
Et par bonheur voici venir
Un prince libéral, honnête,
Qui garantira l'avenir !
Du faisceau de sa politique
Avec art formant le lien,

Aux amis de la république,
Il dit : je suis roi-citoyen ;
Il emprunte à la bourgeoisie
Sa rustique simplicité
Et laisse l'aristocratie
Douter de sa sincérité !
Par ce triple jeu qu'il dirige
En jouteur expérimenté,
Il sait augmenter le prestige
De sa naissante royauté ;
Quand l'ardente démocratie,
Pour triompher n'attend que lui,
C'est au commerce, à l'industrie
Qu'il demande son point d'appui ;
Dès lors commence une série
De sourdes oppositions,
Présage certain d'anarchie,
De troubles, de séditions ;
A la tribune, dans la presse,
L'écrivain ou le député
S'indigne et proclame sans cesse
Le tort fait à la liberté !
Le peuple exige la réforme
Du privilége électoral,
On la lui donne !... pour la forme,
Stratagème imprudent, fatal !

Les portes de ce sanctuaire,
Où tous brûlent de pénétrer,
S'ouvrent à la voix populaire
Si peu... qu'on n'y saurait entrer ;
C'en est fait ! la terrible meute
A pris son essor insensé,
Et ce pouvoir, né d'une émeute,
Par une émeute est renversé ! !

IV

Ainsi cette caste nouvelle
Du grand parti conservateur
N'aura donc su conserver qu'elle ;
Et son malheureux protecteur
Regrette après sa déchéance,
Sa tendresse pour les banquiers
Et sa trompeuse confiance
Dans les colonels boutiquiers !
Incompréhensible merveille !
Le contingent républicain,
Qui pouvait se conter la veille,
S'étonne, dès le lendemain,
De se trouver en si grand nombre.
Sa ridicule vanité

L'aveugle et le rend fier de l'ombre
Qu'il prend pour la réalité !
Semblable aux moutons de Panurge,
Au moindre appel, sans réfléchir,
Trop souvent le peuple s'insurge;
Impossible de le fléchir,
Jusqu'au jour où l'expérience
Lui démontre qu'il est dupé !
Alors, guéri de sa démence,
Malheur à ceux qui l'ont trompé !
Chaque principe politique
Devrait, dignement garanti,
Porter la marque de fabrique.
Il existe dans maint parti
Des charlatans sans conscience
Qui promettent la liberté
Et ne donnent que la licence !
Ce fait, bien dûment constaté,
Compromit brusquement la cause
De cet avorton clandestin
Qui, pour parodier la rose,
Vécut l'espace d'un matin !
Cette démocratique engeance
Comptait, dans un jour solennel,
Fonder à jamais sa puissance
Par le suffrage universel !

Sûre de trouver dans les villes
Ce ramas d'êtres vicieux,
Agents faméliques, serviles
Des vulgaires ambitieux ;
Le travailleur de la campagne,
Étranger à tous ces débats,
Sait que la ruine accompagne
L'affreux désordre ! Les combats
Où se signale son courage,
Ouvrier providentiel,
Se livrent contre un seul orage,
C'est l'orage qui vient du ciel !
Voici l'heure où, dans les comices,
Les politiques assemblés
Vont invoquer les dieux propices.
En secret inquiets, troublés,
De plus d'un groupe taciturne
L'attitude fait pressentir
Que tous sont tremblants devant l'urne
D'où bientôt un nom doit sortir.
Ce nom ! soudain on le proclame,
C'est celui de *Napoléon !*
Partout on l'accueille, on l'acclame.
Jusqu'au changeant caméléon
Qui diversement se colore,
Ce phénomène singulier,

Rouge ou blanc, devient tricolore !
Comme lui vont se rallier
Ces gens à l'humeur indécise
Qui, se tournant avec le vent
Vers le mortel qu'il favorise,
Adorent le soleil levant ! !
D'où vient que ce rayon de gloire
Se renouvelle et resplendit ?
C'est que d'une illustre mémoire
En vain le culte est interdit :
C'est que sous le chaume, au village,
Dans le foyer du laboureur,
On avait conservé l'image
Et de nom du grand Empereur.

V

Une ère nouvelle commence.
Dans l'exil, Napoléon-Trois,
Des leçons de l'expérience
A profité : de sages lois,
L'ordre rétabli, l'industrie,
La paix, le commerce, les arts,

13

Favorisés par son génie,
Vont renaître de toutes parts.
La paix n'est pas sa seule gloire :
Son bras, vengeur de l'opprimé,
Sûr d'une infaillible victoire,
Pour le défendre s'est armé !
Et la nation tout entière
Tressaille aux récits des combats
Où triomphe l'enseigne altière
Que ses héroïques soldats
Suivent aux champs de la Crimée,
Aux plaines de Solférino,
Rappelant la vaillante armée
D'Ulm, d'Austerlitz, de Marengo !!
L'Europe s'émeut, s'inquiète.
Napoléon, exempt d'orgueil,
Du sol glissant de la conquête
Evite le funeste écueil.
Fuyant une chanceuse ivresse,
Aux lauriers du triomphateur
Il préfère, dans sa sagesse,
La palme du législateur.
De sa rare et noble prudence
Le monde ressent les effets,
Et la divine Providence,
Afin de doubler ses bienfaits,

Près de lui place au rang suprême
Une femme dont les vertus
Brillent plus que le diadème.
Ceux par le malheur abattus
Bénissent sa main protectrice :
Aussi tous ont-ils ajouté
A son titre d'Impératrice
Celui de Sœur de charité.
Rassures-toi, vieillard débile :
De la misère triomphant,
Elle va t'ouvrir un asile.
Cesse de pleurer, faible enfant :
Depuis qu'un ange tutélaire
A promis de veiller sur eux,
Les orphelins ont une mère,
Les autres enfants en ont deux !
Hélas ! j'ai fait la triste étude
Que tant de nobles actions
Sont en proie à l'ingratitude.
Douloureuses déceptions !
Mais à chacun sa destinée :
Aux grands cœurs les grands dévoûments.
Plus d'une tête couronnée
Doit penser, à certains moments,
Ce que moi chétif je puis dire
Sans réfléchir, sans hésiter.

Si quelqu'un m'offrait un empire
Je me garderais d'accepter !

Achevez votre œuvre sublime,
Couple auguste; à vous l'avenir;
Le peuple ne saurait sans crime
Vous méconnaître, vous trahir !
Las de renverser, de détruire,
Nous le verrons édifier
Avec vous le second Empire.
Jaloux du droit de confier
A ses seuls élus la couronne,
Qu'à vos descendants glorieux
Ce peuple sur terre la donne,
Dieu vous la garde dans les cieux !

LE PETIT LAPIN

(CONTE A MES PETITS ENFANTS).

Air du *Roi d'Yvetot.*

I

Il était un petit lapin
Qui, dans l'herbe arrosée,
Mangeait le serpolet, le thym,
Et buvait la rosée.
De la lisière de nos bois
L'imprudent sortait en sournois
Parfois.
Oh! oh! oh! oh! ah! ah! ah! ah !
Quel gentil lapin c'était là !
La, la !

II

Il franchissait gaillardement
Le fossé de la plaine,
Et dans la luzerne gaîment
Remplissait sa bedaine.
Il faillit un jour de malheur
Mourir, en voyant un chasseur,
De peur.
Oh ! oh ! oh ! oh ! ah ! ah ! ah ! ah !
Quelle rencontre il faisait là !
La, la !

III

En tapinois, comme un grillon
Se faufilant dans l'herbe,
Il se blottit dans un sillon
Caché sous une gerbe.
Maître Médor. au museau fin,
Prévoit déjà de l'aigrefin
La fin.
Oh ! oh ! oh ! oh ! ah ! ah ! ah ! ah !
Triste moment que celui-là !
La. la !

IV

Soudain Médor tombe en arrêt,
Et le chasseur alerte
Arrive le fusil tout prêt,
La carnassière ouverte !
Le coup part... et l'heureux lapin
Du plomb fatal n'a dans le rein
Qu'un grain.
Oh ! oh ! oh ! oh ! ah ! ah ! ah ! ah !
L'heureuse chance que voilà !
La, la !

V

Plus agile qu'un lévrier,
Rentré sous la feuillée,
Il retrouve auprès du terrier
Sa famille effrayée.
Sur sa blessure avec chagrin
Le papa met de romarin
Un brin.
Oh ! oh ! oh ! oh ! ah ! ah ! ah ! ah !
Le bon remède que c'est là !
La, la !

VI

Puis il lui dit : petit vaurien,
Ne sors plus qu'à la brune :
Pour nous le soleil ne vaut rien :
Nous n'aimons que la lune !
Comme les chats, durant les nuits,
Tous les lapins, gros ou petits,
     Sont gris.
Oh ! oh ! oh ! oh ! ah ! ah ! ah ! ah !
Le sage avis que celui-là !
     La. la !

VII

Petit lapin, petit enfant,
Votre histoire est la même !
Ne faites pas ce que défend
Le père qui vous aime.
Fillettes, craignez les chasseurs,
Méfiez-vous de ces vainqueurs
     De cœurs !
Oh ! oh ! oh ! oh ! ah ! ah ! ah ! ah !
Fuyez ces vilaines gens-là !
     La, la !

A MES AMIS

DE LA COMMISSION DES FÊTES VERSAILLAISES

QUI M'ONT OFFERT UNE MÉDAILLE.

AIR DE *Marianne.*

I

Favorisé par la richesse,
Quand Mondor ouvre à deux battants
Ses vastes salons où s'empresse
La foule des indifférents,
Fausse allégresse,
Menteuse ivresse,
Fête sans charme et plaisirs sans attraits :
L'hôtel splendide
Resterait vide
Si l'amitié seule y donnait accès.
De vrais amis me font visite,
Je les reçois sur mon gazon,
Heureux et fier que ma maison
Se trouve trop petite.

II

Aux succès de notre entreprise
Buvez ! Moi je bois à vous tous !
Souffrez que bien haut je le dise,
Seul, je n'eusse rien fait sans vous !
Plein d'énergie,
De courtoisie,
Chacun de vous toujours s'est montré tel ;
Nous sommes trente,
Soyons soixante !
Doublons, triplons, le faisceau fraternel.
Si je pouvais accomplir vite
Ce vœu de mes affections,
La salle des commissions
Deviendrait trop petite !

III

Jaloux de notre utile idée,
On en présageait l'insuccès,
Mais par bonheur elle est fondée,
Grâce au sentiment versaillais.
Le dieu Neptune
Et la Fortune

Ont jusqu'ici protégé nos travaux,

Et les merveilles,

Fruits de nos veilles,

Nous ont valu des milliers de bravos.

Cette enceinte où se précipite

Un flot de spectateurs ravis,

Dans l'avenir, je le prédis,

Deviendra trop petite !

IV

Aujourd'hui votre offre m'est chère,

Noble et précieux souvenir,

Je veux remplir encor mon verre

Pour l'arroser, pour l'acueillir !

Instant aimable,

A cette table,

Par la gaîté tous rassemblés ici :

Grâce au Champagne.

Elle nous gagne,

Buvons amis libres de tout souci !

A boire quand je vous invite,

Je le constate avec douleur,

Comme la maison, par malheur,

La cave est bien petite.

V

Ce beau présent à ma famille
Comme un trésor sera transmis ;
Il doit rappeler à ma fille
Que son père avait des amis.
　　Mais je le gage,
　　D'un pareil gage,
Certains esprits se montreront surpris ;
　　En conscience,
　　La bienveillance,
Vous en a fait éléver trop le prix ;
Et franchement, je me demande,
Pour un bien simple dévoucment.
Si cette médaille vraiment
N'est pas beaucoup trop grande !

UNE CONFÉRENCE AU PARADIS

L'auteur de nos chants populaires,
Béranger, racontait naguères
Qu'un jour le bon Dieu s'éveillant,
Pour nous se montra bienveillant ;
Il mit la tête à la fenêtre.
Ce qu'il vit, vous croyez peut-être
Que sur terre nul n'en sait rien.
Moi, chétif, je le sais très bien !

Mon ange, en qui j'ai confiance,
M'a fait certaine confidence.
Près du Tout-Puissant en crédit,
Voici ce qu'un soir il m'a dit :
Pour se distraire les dimanches,
Les chérubins aux ailes blanches,
Songeant à leur passé mortel,
Demandent au Père éternel
Ce que devient leur ancien monde.
Alors, en moins d'une seconde,
Le bon Dieu, vous n'en doutez pas.
Leur dit ce qu'on fait ici-bas.
Parfois un messager céleste,
Intelligent autant que leste,
Incognito, par un temps gris,
Se glisse jusque dans Paris ;
Il court au pont de la Concorde,
Dans le temple de la Discorde,
Ecouter les discours nouveaux
Et nous rapporte les journaux.
Le soir on en fait la lecture,
On s'amuse par aventure :
La *Gazette* nous fait bâiller,
Les *Débats* nous font sommeiller,
Le *Figaro* seul nous fait rire.
Quant à la liberté d'écrire,

Nul ne comprend, en vérité,
Qu'on la laisse à *la Liberté*.
On peut bien, sans être idolâtre,
Lire les journaux de théâtre :
C'est à qui de nous se paiera
Des nouvelles de l'Opéra.
Lors, nous avons sainte Cécile,
Musicienne fort habile,
Qui nous en montre les défauts,
Prétend que Gueymard chante faux,
Que la Patti, dont on raffole,
Fut élevée à son école,
Et que les germaniques airs
De Wagner agacent ses nerfs,
Tandis qu'Auber et compagnie
Sont les rois de la mélodie.
Tant qu'aux journaux politiquant,
Et de leur concours trafiquant,
Les saints anges en politique
N'entendent rien ; cela s'explique :
Dans le ciel ils sont désormais
Les favoris d'un Dieu de paix.
Cependant, un jour mon bon ange
M'apprit que saint Michel l'archange.
Qui corrigea si bien Satan.
Après avoir lu Pelletan,

Avec des saints, puits de science,
Etablit une conférence,
Non pas celle qu'un beau matin
On ouvrit au quartier d'Antin,
Où depuis lors Arsène ânonne,
Où maint rimailleur s'époumonne
A réciter des vers méchants,
Loin de ceux d'Emile Deschamps;
Non! c'était un aréopage
Aussi docte que juste et sage.
Le président, saint Augustin,
Ouvrit la séance en latin..
En grec parla saint Chrysostome.
Saint Paul, saint Luc et saint Jérôme,
Après trois bons discours français
Méritant leur brillant succès,
Se trouvèrent soudain en face
De leur confrère saint Ignace,
Qui là-haut sentait le besoin
De représenter Glais-Bizoin;
Mieux encore, et ceci me navre,
De rivaliser avec Favre!
Or, se livrant à maint écart,
Ainsi que fait monsieur Picart,
Le noble et glorieux jésuite,
Aussi perfide qu'hypocrite,

Leur improvisa d'un ton lent
Un pamphlet rempli de talent,
Qui tendait à prouver d'emblée
Qu'à Paris certaine assemblée
Ne comptait que cinq orateurs.
Saint Paul déteste les rhéteurs;
Il agite aussitôt son glaive;
Puis, avant qu'Ignace n'achève :
Je tiens, dit-il, ces gaillards-là
Pour des enfants de Loyola.
En dépit de son éloquence,
Pas un d'eux ne dit ce qu'il pense.
De mon temps, chez les Corinthiens,
Nous avions de pareils vauriens,
Et depuis que je suis des vôtres,
Par malheur, j'en ai vu bien d'autres.
Parmi la foule des élus
Qui, pour l'entendre, étaient venus,
Un des bons riches de la terre,
Autrefois grand propriétaire,
Au ciel, grâce à sa charité,
Ayant acquis droit de cité,
Se lève, et, d'une voix touchante,
A l'assistance palpitante
Fait l'exposé de tous les maux
Que les prétendus libéraux,

15.

A ceux qu'ils appellent leurs frères,
Causent par leurs vaines chimères.
Tout l'auditoire est attendri,
Saint Ignace, poussant un cri,
Lance un éclair de son œil louche,
Qui fait pressentir que sa bouche
Va dire quelque énormité.
Alors, par saint Paul arrété,
Il suspend, la lèvre béante,
Sa harangue, et, plein d'épouvante,
Bégayant et balbutiant,
Voyant saint Paul impatient,
Prêt à tirer son cimeterre,
Il juge prudent de se taire.
Son discours finit, *ab ovo*,
Poursuivi par un long bravo.
Il s'enfuit!! La lâche furie
Cède au moindre élan d'énergie!!!
Dans sa tranquille majesté,
Par tout ce bruit inquiété,
Dieu s'étonne que les phalanges
Des élus, des saints et des anges,
Esprits calmes, silencieux,
Osent troubler la paix des cieux.
Il sonne l'ange Raphaël,
Ce grand consommateur de fiel

Qui délivra le vieux Tobie
D'une dangereuse ophthalmie.
« Va-t'en trouver saint Augustin,
« Qui, malgré son passé mondain,
« A su mériter mon estime;
« Je veux sans tarder qu'il réprime
« Ces abus de discussions,
« Eléments de dissensions;
« Il sait ce que, dans ma sagesse,
« Pour le bien de l'humaine espèce,
« J'ai décidé. » Raphaël court
Et prend le chemin le plus court.
Arrivant à la conférence,
Il y rétablit le silence.
Saint Augustin, qu'il prend à part,
L'écoute, s'incline... Il repart.
Alors, s'exprimant dans ce style
Qui distingue son évangile,
L'apôtre annonce à chaque élu
Ce que le Maître a résolu.
A saint Paul, il dit : Mon cher frère,
Votre trop bouillant caractère
Doit s'amender ! Tous ces mortels
Qui négligent trop nos autels
Ne valent pas qu'on s'en occupe.
Vous faites un métier de dupe !

Laissez ce monde d'insensés,
Nid d'oppresseurs et d'oppressés,
Sottement se faire la guerre ;
Ce n'est pas du tout notre affaire.
Ils sont tous fous, en vérité.
Que veulent-ils ? Dans sa bonté,
Le Tout-Puissant de ses largesses
Les a comblés : honneurs, richesses,
Femmes aux attraits gracieux,
Dont ils sont les époux heureux.
Ce mot d'époux, on le devine,
Fait rougir sainte Catherine ;
L'orateur, qui s'en aperçoit,
N'insiste pas à cet endroit.
Tout leur sourit dans la nature,
Poursuit-il : les fleurs, la verdure
Sont là pour charmer leurs loisirs
Et pour augmenter leurs plaisirs !
Le soleil assure à leurs vignes
Un vin dont ils ne sont pas dignes !
Abandonnons-les, croyez-moi ;
Dieu pour tous, et chacun pour soi !
Ici, conservons l'habitude
D'une douce béatitude.
L'assentiment est général.
Convaincu par ce trait final.

Saint Paul, l'âme préoccupée,
Jette un regard sur son épée...
Puis, il la remet au fourreau.
Le lion devient un agneau.
Or donc, la sainte compagnie
Est bien et dûment avertie,
Dit Augustin, qu'au Paradis
On doit, ainsi que je le dis,
Oubliant désormais la terre,
Prier, contempler et se taire.
De ce règlement rigoureux,
On s'accomode en certains lieux.
Tous promettent l'obéissance.
Mais, en sortant de la séance,
Deux chérubins au désespoir
De ne plus jamais rien savoir
De ce monde, leur premier gîte,
Qu'ils ont, hélas! quitté trop vite,
Dans un coin se disent tout bas :
Tu sais, nous n'obéirons pas.
Ils recherchent dans leur pensée
Leurs escapades du lycée,
Et projettent un certain soir,
Lorsque le ciel sera bien noir,
D'aller tous deux, malgré saint Pierre,
Faire l'école buissonnière.

Que peut un pauvre vieux portier
Contre un jeune et vif écolier?
Ceci ne prouve qu'une chose :
Dieu propose, et l'ange dispose.

Versailles, imp. E. Aubert.

A SA MAJESTÉ L'IMPÉRATRICE *

Dors, cher enfant, doux trésor d'innocence;
Tu ne vois pas, en cet instant fatal,
Ton avenir et celui de la France
A la merci d'un complot infernal.
Dieu ne veut pas qu'on immole ton Père,
A ses desseins son grand cœur doit servir;
Il le protége : en lui donnant ta Mère,
Dieu nous montra qu'il voulait le bénir.

---

* Attentat Orsini, 1858.

Des monstres avides de crimes
Vont amonceler les victimes,
Semer le carnage et la mort.
Pour un seul doit s'ouvrir la tombe ;
Mais ils veulent une hécatombe,
Craignant quelque heureux coup du sort.

C'en est fait ! tumulte effroyable !
De ce tonnerre épouvantable
Les sinistres éclairs ont lui.
La mort plane et va tout éteindre ;
L'Empereur seul n'a rien à craindre !
L'Impératrice est près de lui !
O noble et courageuse femme !
Chaque âme s'unit à ton âme,
Lien désormais éternel !
Un Epoux t'offrit la couronne :
La France aujourd'hui te la donne,
Et Dieu te la promet au ciel.

Tu fus témoin de notre ivresse
Et de nos transports d'allégresse,
Quand nous revîmes l'Empereur.
Pour prouver combien il vous aime,

Paris, à cette heure suprême,
N'avait qu'une voix et qu'un cœur.

Chassant une funeste image,
Dans un doux et touchant mirage,
Tous, nous avons suivi vos pas.
Nous avons vu l'heureuse Mère,
A l'Enfant ramener son Père,
Et dire : Ne l'éveillons pas.

Et quand leur stoïque courage
Les fit, sans changer de visage,
Toucher aux portes du tombeau ;
Moins forts qu'au milieu des alarmes,
Ils ont tous deux versé des larmes,
En se trouvant près d'un berceau.

Quelle épreuve, ô mon Dieu ! que ce soit la dernière !
Afin d'être exaucés, Seigneur,
Tu nous verras prier : les mères pour la Mère,
Les Français pour leur Empereur.

9 782016 131411